L'albu

Houdini a disparu

Susan Hughes

Illustrations de
Leanne Franson

Texte français de
Martine Faubert

Éditions
■SCHOLASTIC

Crédits photographiques :
Page couverture : Beagle © AnetaPics/Shutterstock.com.
Logo : © Mat Hayward/Shutterstock.com © Michael Pettigrew/Shutterstock.com;
© Picture-Pets/Shutterstock.com. Arrière-plan : © Anne Precious/Shutterstock.com;
© dip/Shutterstock.com. Quatrième de couverture : pendentif © Little Wale/
Shutterstock.com.

L'auteure tient à remercier la Dre Stephanie Avery, D.M.V.,
pour son expertise sur les chiots.

Catalogage avant publication de Bibliothèque et Archives Canada

Hughes, Susan, 1960-
[Houdini's escape. Français]
Houdini a disparu / Susan Hughes ; illustrations de Leanne Franson;
texte français de Martine Faubert.

(Album des chiots ; 7)
Traduction de : Houdini's escape.
ISBN 978-1-4431-4651-7 (couverture souple)

I. Franson, Leanne, illustrateur II. Faubert, Martine, traducteur
III. Titre. IV. Titre: Houdini's escape. Français. V. Collection: Hughes,
Susan, 1960- . Album des chiots ; 7.

PS8565.U42H6814 2016   jC813'.54   C2015-905115-0

Copyright © Susan Hughes, 2016, pour le texte.
Copyright © Scholastic Canada Ltd., 2016, pour les illustrations.
Copyright © Éditions Scholastic, 2016, pour le texte français.
Tous droits réservés.

Il est interdit de reproduire, d'enregistrer ou de diffuser, en tout ou en partie,
le présent ouvrage par quelque procédé que ce soit, électronique, mécanique,
photographique, sonore, magnétique ou autre, sans avoir obtenu au préalable
l'autorisation écrite de l'éditeur. Pour la photocopie ou autre moyen de reprographie,
on doit obtenir un permis auprès d'Access Copyright, Canadian Copyright Licensing
Agency, 56, rue Wellesley Ouest, bureau 320, Toronto (Ontario) M5S 2S3
(téléphone : 1-800-893-5777).

Édition publiée par les Éditions Scholastic, 604, rue King Ouest,
Toronto (Ontario) M5V 1E1 CANADA.

6 5 4 3 2 1   Imprimé au Canada 121   16 17 18 19 20

MIXTE
Papier issu de
sources responsables
FSC® C004071

*À ma chère amie Jan Kosick et à ses
adorables chiots Coco et Murphy*

CHAPITRE UN

Catou regarde défiler les chiots. Ils sont beaux à croquer! Ils marchent fièrement en agitant la queue. Ils la regardent, les yeux remplis d'espoir.

Il y a un caniche, un labrador, un dalmatien, un bouledogue, un berger allemand, un whippet et des dizaines de chiens d'autres races!

C'est jeudi après-midi. Catou est au parc, plongée dans sa rêverie préférée, le dos appuyé contre un arbre. Elle a les yeux fermés.

Le défilé est terminé et les chiots jouent à ses pieds.

Un loulou de Poméranie trottine autour d'un petit basset aux oreilles pendantes. Un westhighland- terrier et un boxer se pourchassent d'un bout à l'autre de la pelouse. Un chiot airedale court après sa queue.

— *À toi de choisir, Catherine! dit sa mère.*

— *Oui, insiste son père. Lequel veux-tu avoir?*

— Catou? dit une voix.

Un chiot à moi toute seule? Alors, le petit shih tzu à la truffe noire? Ou l'adorable berger allemand qui se roule dans le gazon? Ou le terre-neuve enjoué, avec son gros bedon?

— Catou-Minou? l'appelle Maya. Hé! Ho! Catou!

Catou sort de sa rêverie et ouvre les yeux. Elle adore les chiens plus que tout au monde. *En réalité*, ses parents ne la laisseraient pas choisir son propre chiot comme dans son rêve. Ils disent qu'ils n'auraient pas le temps de s'en occuper.

Catou a presque fini par accepter la décision de ses parents depuis que sa tante a ouvert le P'tit bonheur canin à Jolibois. Il s'agit d'un salon où tante Janine fait des toilettages et prend des chiots en pension. Elle s'occupe des chiens tandis que Thomas, le réceptionniste, répond au téléphone et fixe les rendez-vous avec les clients. Ils sont très occupés. Quand ils sont vraiment débordés et que tante Janine a besoin d'un coup de main, elle sait qu'elle peut compter sur Catou et ses amies pour l'aider.

— Allez Catou! dit Maya depuis la porte d'entrée de la maison de Béatrice.

Les trois filles se sont rendues chez Béatrice tout de suite après l'école.

Béatrice a de la chance, se dit Catou en traversant la rue pour aller rejoindre Maya. *Sa maison est juste en face du parc.* Catou adore le parc en toutes saisons. C'est l'endroit idéal pour faire jouer les chiots.

— Pourquoi tenais-tu à nous attendre dehors dans le froid? demande Maya en glissant ses mains dans ses poches pour les réchauffer. Ah! Je sais : tu voulais prendre quelques minutes pour rêver. Pas vrai, Catou-Minou?

Catou sourit et lève les yeux au ciel. Maya la

connaît comme si elle l'avait tricotée! Elle sait que Catou adore rêver qu'elle a un chiot. Maya l'appelle Catou-Minou parce qu'elle trouve ce surnom drôle pour une fille qui adore les chiens.

Catou la laisse faire. Maya aime la taquiner, mais c'est sans méchanceté. Elle a l'habitude : Maya la taquine pratiquement depuis qu'elles ont commencé à parler. Elles ne se souviennent même pas du jour où elles se sont rencontrées, tant elles étaient jeunes. Elles habitent chacune à un bout de la ville de Jolibois, mais elles ont fréquenté la même garderie. Puis elles ont joué dans la même équipe de soccer et ont toujours été dans la même classe à l'école, jusqu'à cette année.

Il y a beaucoup de choses qu'elles aiment toutes les deux, tout particulièrement les chiens. Elles aiment aussi Béatrice, une nouvelle à l'école.

— OK, dit Béatrice. Allons-y!

Elle sort de la maison et ferme la porte.

Béatrice a déménagé à Jolibois cet automne. Elle est dans la même classe que Catou, un groupe mixte de 4e et 5e années. Il a fallu un peu de temps avant que Catou et Maya la connaissent bien. Maintenant, elles savent que Béatrice est gentille et un peu timide et qu'elle adore les chiens, elle aussi!

— Alors qu'est-ce que ta mère a dit, Béatrice? demande Catou. Et tes parents, Maya? Pouvez-vous venir au P'tit bonheur canin?

Tante Janine a appelé Catou chez elle, à l'heure du dîner. Maya était avec elle, comme d'habitude. Les jours d'école, elles dînent tantôt chez l'une, tantôt chez l'autre. Tante Janine voulait savoir si Catou et ses amies pouvaient venir au P'tit bonheur canin après l'école. Elle veut leur parler d'un nouveau chiot en pension.

Catou a eu la permission de sa mère, mais Maya n'a pas pu appeler la sienne parce que c'était l'heure de retourner à l'école.

Après l'école, les trois fillettes se sont donc rendues chez Béatrice pour que celle-ci demande la permission à sa mère et que Maya téléphone à ses parents.

— Maman est d'accord, dit Béatrice avec un sourire.

— Maya? demande Catou. Tu peux venir toi aussi?

— *Exactamente!* répond-elle en espagnol, sa langue maternelle.

Catou, Maya et Béatrice se tapent dans les mains.

— Allez, le trio formidable! dit Maya. Prenons le large!

Et elles partent en direction du P'tit bonheur canin. Au bout de quelques minutes, Béatrice

s'arrête.

— Hé! s'exclame-t-elle. La blague du jour! On a oublié en sortant de l'école. Tu ne nous as pas donné la réponse.

Chaque matin, Catou raconte une blague à ses deux amies et elle les fait toujours languir avant de leur donner la réponse.

— Aïe, aïe, aïe! gémit Maya d'un ton théâtral. Béatrice, je crois que je préfère ne pas entendre. Et toi?

— Moi non plus, dit Béatrice.

— Très drôle! dit Catou, le sourire en coin. La question était donc : Comment appelle-t-on un chien voleur de chien?

Catou éclate de rire.

— Allons vous mourez d'envie de le savoir! les taquine-t-elle.

— D'accord Catou, dit Maya en haussant les épaules. Mais c'est bien parce que tu insistes.

— OK, dit Catou. La réponse est : Un CLEBtomane. Vous la comprenez?

— Complètement nul! dit Maya en faisant

semblant d'avoir mal aux oreilles.

— Nullissime! ajoute Béatrice en levant les yeux au ciel.

— Merci quand même! dit Catou en leur faisant une petite révérence.

Les trois filles éclatent de rire. Puis, bras dessus bras dessous, elles se mettent à courir en direction du P'tit bonheur canin toutes ensemble.

CHAPITRE DEUX

La cloche tinte quand les trois filles entrent dans le salon de toilettage. Thomas est au téléphone derrière le comptoir de la réception. Il les salue de la main.

Béatrice s'approche de Marmelade, la vieille chatte tigrée de Thomas. Il l'emmène partout où il va. Elle adore son maître et ignore le reste du monde. Quand elle est au P'tit bonheur canin, elle reste toujours perchée sur le comptoir d'où elle peut regarder les chiens de haut.

Béatrice lui flatte le dos et la chatte fait semblant de ne pas la voir. Mais au bout d'une seconde, on l'entend ronronner.

— Un instant s'il vous plaît, dit poliment Thomas à son interlocuteur.

Il couvre le récepteur de sa main.

— Bonjour mesdames! dit-il aux fillettes.

Il regarde sa montre, puis indique la salle de toilettage.

— Elle aura terminé dans deux minutes, dit-il.

Puis il se penche par-dessus son comptoir et ajoute à voix basse :

— Sinon les clients vont se mettre à rouspéter, ou pire, à grogner!

Catou pouffe de rire et lui fait un clin d'œil, puis elle se tourne vers Maya et dit :

— Pas de temps à perdre. C'est le temps de la devinette. On n'a que deux minutes.

Catou et Maya adorent ce jeu : elles choisissent une personne et essaient de déterminer à quel chien de race elle ressemble le plus. Et quand cette personne a vraiment un chien, c'est encore plus amusant de voir si le chien qu'elle possède correspond à leurs prédictions.

Catou parcourt des yeux la salle d'attente. Il y a un petit canapé et trois chaises, un pèse-toutou et des étagères remplies de nourriture pour chiens. Deux femmes sont assises côte à côte sur le canapé et lisent le même journal. Un grand danois est couché à leurs pieds. Sa tête dépasse d'un côté du canapé et sa queue, de l'autre.

Un jeune homme est assis sur une des chaises. Il est en train de texter. Catou voit qu'il tient une laisse. Mais où est son chien? Le regard de la jeune fille glisse le long de la laisse, jusque derrière le canapé. Elle tend le cou pour voir. Un goldendoodle s'est caché entre le mur et le canapé et la regarde, l'air de dire : *Ne dis à personne que tu m'as vu et peut-être que je ne serai pas obligé de me faire tondre!*

Un homme d'un certain âge est

assis sur une autre chaise. Il a les cheveux courts et frisés blonds comme de la paille et une longue barbe frisée. Il porte un manteau de cuir beige avec des franges. Ses bottes ont des franges aussi.

Maya fait signe à Catou de le regarder.

— Ta tante doit être en train de toiletter son chien, dit-elle. À ton avis?

Catou l'examine attentivement.

— Terrier irlandais à poil doux, c'est sûr et certain, affirme-t-elle.

— D'accord avec toi, dit Maya.

Au même moment, la porte de la salle de toilettage s'ouvre et un chien en sort à grands bonds. Il a le poil frisé et blond comme de la paille, des oreilles à la queue.

— Bravo! murmure Maya à l'oreille de Catou. Un terrier irlandais. On avait deviné!

Tante Janine apparaît, la laisse en main. Elle porte une blouse rose. Ses cheveux châtains sont attachés en queue de cheval.

— Voici Prince, M. Renzo, dit-elle.

L'homme aux cheveux frisés se lève d'un bond.

— Oh! s'exclame-t-il. Vous l'avez vraiment bien toiletté!

Il se penche pour flatter son chien.

— Prince, tu es beau comme… un prince!

— Merci, dit tante Janine. Mais c'était un vrai défi, avec tout le poil qu'il avait. Vraiment trop!

Elle tapote la tête de Prince, puis tend la laisse à M. Renzo.

— Je sais que vous aimez que votre chien ait belle allure, poursuit-elle. Mais pour cela, il faudrait le faire toiletter plus souvent.

M. Renzo rougit et tire le bout frisé de sa barbe.

— Son poil était touffu et plein de nœuds, ajoute poliment tant Janine.

— Je sais, vous avez raison, avoue-t-il en flattant la tête de son chien. Je vais venir plus souvent, c'est promis. Merci infiniment!

Puis il va au comptoir pour payer.

Tante Janine se tourne vers les filles.

— Bonjour, ma chouette! dit-elle à Catou.

C'est le petit nom qu'elle lui donne toujours.

— Et bonjour, Maya et Béatrice, ajoute-t-elle.

Les filles lui sourient.

— On a vraiment hâte de voir le nouveau chiot! dit Catou.

Tante Janine se tourne vers les clients qui attendent.

— Je suis à vous dans un instant, dit-elle. Mes gardiennes de chiots et moi avons une petite question canine à régler.

Tante Janine se retourne vivement, faisant

danser sa queue de cheval, puis elle se dirige vers la garderie, suivie des trois filles. Elle entrouvre la porte, puis s'arrête.

— Ne faites pas de bruit en entrant, leur dit-elle, les yeux brillants de malice.

Elle ouvre la porte et entre calmement dans la pièce avec les filles. Puis elle leur fait signe de s'arrêter et montre son oreille du doigt pour leur signifier d'écouter.

Catou tend l'oreille et entend un petit ronflement. Elle pouffe de rire. Elle parcourt la pièce des yeux. C'est un grand local avec des étagères et une zone clôturée qui rappelle un parc à jeu pour les tout-petits. Une porte donne sur un vaste jardin. Un escalier mène à une grande salle à l'étage où tante Janine donne aux chiens des cours d'obéissance. Son appartement est également à l'étage.

Mais le plus intéressant, ce sont les quatre cages alignées contre le mur, sous la fenêtre. Aujourd'hui, Catou en compte cinq : les quatre habituelles et une nouvelle qui est bleue. Et le ronflement vient de la cage bleue.

À l'intérieur, un chiot dort en boule sous les rayons du soleil.

— Je vous présente… Houdini! annonce tante Janine.

Catou, Béatrice et Maya se précipitent pour le voir de près, et le petit pensionnaire se réveille. Il se lève, bâille un bon coup, puis tend ses pattes de devant, lève son arrière-train et s'étire en se tortillant.

Catou pouffe de rire. *Ce qu'il est mignon!* se dit-

elle. *J'ai trop hâte de le prendre et de le serrer contre moi!*

— Il est adorable! roucoule Béatrice.

— Oui, Houdini est beau à croquer! dit tante Janine. C'est un beagle et il a trois mois. Il n'est pas farouche et déborde d'énergie. Il habite avec son maître, Georges Ho, depuis quatre semaines.

La tête d'Houdini, ses oreilles et une partie de sa face sont brun roux. Il a de petites taches rousses sur ses pattes de devant. Son dos et sa queue sont noirs. Il a une raie blanche entre les deux yeux et son museau est blanc, tout comme sa poitrine, son ventre et une bonne partie de ses pattes postérieures. Et le bout de sa queue est blanc.

— Mon petit Houdini, tu es adorable! dit Maya.

Le chiot remue la queue et semble sourire aux filles.

— Houdini connaît deux ordres : « Assis » et « Couché ». Georges ne lui a pas encore appris

« Viens ». Il compte le faire bientôt.

— On peut l'aider à pratiquer « Assis » et « Couché », dit Catou.

— Oui, comme vous l'avez fait avec Mirabelle et Cajou, dit tante Janine. Bonne idée!

Mirabelle et Cajou sont deux anciennes pensionnaires du P'tit bonheur canin. Mirabelle, âgée de trois mois, est une golden retriever. Cajou est une gentille chienne bouvier bernois de quatre mois. Les filles les ont aidées à apprendre les commandes de base. Et maintenant elles vont faire de même avec Houdini!

— On est jeudi, dit tante Janine. M. Ho, le maître d'Houdini, sera absent jusqu'à dimanche. (Elle met une gomme à mâcher dans sa bouche.) Je peux m'occuper d'Houdini le soir. Mais pourriez-vous vous en occuper maintenant, puis demain après l'école et samedi pour une promenade?

— Pas de problème pour moi! dit Catou.

— Pour moi non plus, dit Maya.

— Je ne pourrai pas samedi, dit Béatrice. Je dois

passer l'après-midi en famille avec ma grand-mère. Mais ça va pour aujourd'hui et demain.

— Parfait! dit tante Janine en esquissant un petit pas de danse.

Puis elle désigne des feuilles de journal posées sur le plancher.

— Nous devons entraîner Houdini à la propreté, explique-t-elle. Il faut donc le mettre régulièrement sur le papier journal et, bien sûr, quand il commence à faire pipi ou quand vous pensez qu'il va le faire. Ainsi, il apprendra qu'il ne peut pas faire ses besoins n'importe où, mais dans un endroit bien désigné. Pour commencer, il va faire pipi à l'intérieur, sur le journal. Ensuite, il apprendra à attendre qu'on l'emmène dehors.

Tante Janine fait une bulle avec sa gomme.

— Voici sa laisse, dit-elle. Et voici les biscuits qu'il aime. Vous pouvez lui en donner en récompense quand il fait pipi sur le journal ou qu'il vous obéit. Des questions?

— La cage bleue est différente de celles du P'tit

bonheur canin, fait remarquer Béatrice.

— Exact, dit tante Janine. C'est la cage d'Houdini.

— Il a une cage à lui? s'étonne Maya. Pourquoi? Je croyais que les cages servaient seulement dans les garderies pour chiens.

— Beaucoup de gens ont une cage pour leur chiot, explique tante Janine. Les chiots aiment s'y pelotonner. Ils se sentent à l'abri, comme dans un nid.

— Notre chienne Bella avait une cage quand elle était petite, dit Béatrice.

Avant d'habiter à Jolibois, Béatrice vivait dans une ferme. Sa chienne Bella, un colley, était morte juste avant le déménagement.

— Bella aimait dormir dans sa cage quand elle était un chiot, explique Béatrice. Elle s'y sentait en sécurité. Et ça nous a aidés à lui apprendre à être propre.

— C'est vrai, dit tante Janine. La plupart des chiots ne veulent pas salir l'endroit où ils dorment. Alors quand ils sont dans leur cage, ils se retiennent et apprennent ainsi à faire pipi au bon endroit.

— En plus, les chiots font des tas de bêtises, dit Béatrice. Quand nous devions sortir, nous mettions toujours Bella dans sa cage. Mes parents ne voulaient pas qu'elle mâchouille les meubles et les tapis!

Maya s'accroupit devant la cage d'Houdini.

— Alors maintenant, on sait que tu ronfles parce que tu es heureux dans ta cage, dit-elle. Mais que dirais-tu de sortir pour jouer?

Le chiot remue la queue et les filles éclatent de rire.

— Je crois que la réponse est OUI! dit tante Janine. Amusez-vous bien avec lui, les filles. Et maintenant, hay-ho, hay-ho, je repars au boulot!

Elle les salue de la main et s'en va.

CHAPITRE TROIS

— J'ai du mal à ouvrir la cage d'Houdini, dit Béatrice. Le loquet est coincé.

Elle se met à rire parce que le petit beagle pousse la porte avec son museau tandis qu'elle se débat avec le loquet. Puis il lui lèche les doigts à travers les barreaux.

— Hé! Houdini! dit-elle. Tu me chatouilles!

Elle s'éloigne vivement de la cage.

— On devrait demander à ta tante de venir nous aider, dit-elle à Catou. Le loquet est vraiment bloqué.

— Laisse-moi essayer, dit Maya. Peut-être que...

Elle s'interrompt parce que la porte de la cage vient de s'ouvrir et Houdini déboule par terre. Il se remet vite sur ses quatre pattes, se place fièrement devant les filles et remue la queue.

— Hé! dit Catou. Comment as-tu fait?

Il bondit vers Catou, puis pose ses pattes de devant sur ses genoux et remue la queue encore plus fort.

— Comment s'y est-il pris? dit Béatrice. Je ne pouvais pas bouger ce loquet d'un poil!

— C'est de la magie! déclare Maya.

Elle tourne sur elle-même, les bras tendus, en faisant semblant d'agiter une baguette magique.

Catou rit, puis elle prend Houdini dans ses bras.

— Comment as-tu fait pour sortir de là, p'tit bout d'chou? dit-elle. Voilà pourquoi on t'a appelé Houdini!

— Houdini... répète Béatrice, l'air pensive. C'était un magicien très célèbre, non?

— Oui, dit Maya. Harry Houdini était un grand maître de l'évasion. L'an dernier, j'ai fait une

recherche à son sujet. Un jour, on lui a passé une
camisole de force, puis on l'a suspendu la tête en
bas au bout d'une grue. Et il a réussi à se libérer
devant la foule complètement éberluée!

— Très fort! dit Béatrice.

— Oui, dit Catou. Et notre Houdini est plutôt doué, lui aussi.

Elle caresse ses oreilles douces comme de la soie.

— Harry Houdini pouvait aussi s'échapper d'une cellule de prison et se libérer des menottes, des cordes ou des chaînes avec lesquelles on l'avait attaché, explique Maya.

Elle fait semblant de tapoter la tête d'Houdini avec une baguette magique.

— Mais tu ne vas pas essayer de t'évader, hein, mon toutou? ajoute-t-elle.

Houdini aboie de plaisir, les yeux brillants. Sa queue remue frénétiquement. Catou le pose par terre.

— Je ne suis pas sûre qu'il soit d'accord! dit Catou en riant. On devra l'avoir à l'œil. Mais pour l'instant, c'est l'heure de jouer!

— Et c'est parti, Houdini! dit Béatrice en prenant un jouet à mâcher dans le panier et en l'agitant à bout de bras. Viens le chercher!

Houdini dresse les oreilles et court vers Béatrice.

— Prêt, mon chien? dit-elle. Va chercher!

Elle lance le jouet de l'autre côté de la pièce. Houdini court le chercher. Il bondit dessus et le secoue dans sa gueule.

— Maintenant, rapporte-le, Houdini, dit Maya. Allez! Apporte!

Le chiot ignore Maya. Il mâche le jouet en grognant.

Le jouet couine, et il est tout surpris. Il ouvre grand les yeux et le laisse tomber. Les filles éclatent de rire.

Soudain il écarte les pattes et s'accroupit.

— Oups! dit Catou. Vous vous rappelez ce qu'on a dit au sujet de la propreté? Ne bouge pas, p'tit bout d'chou!

Catou se précipite auprès du chiot, le soulève, puis le pose sur le journal qui est par terre, à côté.

— Juste à temps! dit-elle en regardant Houdini faire pipi.

— Bravo Houdini! dit Béatrice. Tu apprendras la

propreté en un rien de temps!

Les filles décident de jouer à la balle avec lui. Maya lance une balle de plastique rouge et Houdini court la chercher. Comme il refuse de la rendre, Catou utilise un truc que les filles ont appris avec d'anciens pensionnaires du P'tit bonheur canin.

Elle va chercher une balle bleue dans le panier à jouets.

— Houdini! dit-elle. Regarde la balle bleue!

Le chiot regarde Catou en serrant la balle rouge entre ses dents.

Catou lance la balle bleue. Houdini lâche aussitôt

la balle rouge et court chercher la bleue, les oreilles au vent. En arrivant près de la balle, il essaie de s'arrêter, mais il va trop vite et il se met à déraper avec la balle bleue coincée entre les pattes. Il finit par ralentir et s'arrête doucement, juste au pied du mur.

— Oh Houdini! roucoule Béatrice. Tu n'as rien?

Le chiot bondit et saisit la balle bleue dans sa gueule. Il remue la queue, prêt à reprendre le jeu.

— D'accord, dit Béatrice.

Elle lance la balle rouge et Houdini court la chercher.

Les filles lancent la balle à tour de rôle, encore et encore. Trois fois, le petit beagle s'écrase par terre pour se reposer un peu. Et chaque fois, il rebondit sur ses pattes, plein d'énergie, prêt à recommencer.

— Assez joué, Houdini! décide Catou. Maintenant, on va répéter les commandes de base.

Les filles pratiquent avec lui « Assis » et « Couché ». Elles utilisent les mots et les gestes correspondants. Chaque fois qu'il obéit, elles lui donnent un biscuit.

Puis c'est l'heure de rentrer. Catou a du mal à se séparer du chiot. Elle le prend dans ses bras, et sent son doux parfum de chiot.

— Au revoir Houdini! dit-elle en le remettant dans sa cage. À demain après-midi.

CHAPITRE QUATRE

La cloche sonne. La semaine d'école est terminée.

Catou et Béatrice rangent leurs manuels dans leurs sacs à dos, se lèvent et courent vers la porte.

— Je reconnais cette expression sur vos visages, vous deux, dit Mme Messier, leur enseignante. Vous vivez une autre aventure avec un chiot! Vous allez au P'tit bonheur canin?

Catou et Béatrice lui adressent un grand sourire. Mme Messier sait qu'elles adorent les chiens et qu'elles vont souvent aider tante Janine quand elle a des chiots en pension.

— Exactement, Mme Messier, répond Catou.

— Un petit beagle nous attend, explique Béatrice, rayonnante de joie. Ensuite, Maya et Catou vont venir souper chez moi pour la première fois.

— Beau programme! dit Mme Messier. Amusez-vous bien avec le chiot toutes les trois. Bonne fin de semaine, les filles!

— À vous aussi, dit Catou.

Catou et Béatrice traversent la cour de l'école en courant. Maya les attend près de la sortie et les salue de la main.

— Dépêchez-vous, les lambines! leur crie-t-elle.

Les trois amies bavardent joyeusement en chemin vers le P'tit bonheur canin.

Quand elles entrent dans le salon de toilettage, il y a plusieurs clients avec leurs chiens dans la salle d'attente. Elles saluent Thomas de la main, sans prendre le temps de s'arrêter, mais celui-ci les rappelle d'un « Mesdames! »

Elles s'approchent du comptoir de la réception.

— Qu'y a-t-il, Thomas? demande Maya.

— Janine, la meilleure patronne au monde, est occupée à toiletter un cocker débordant d'énergie, dit-il. Mais elle m'a demandé de vous transmettre un message au sujet d'Houdini.

Tandis que Thomas parle, Marmelade lance un regard furieux aux fillettes. Puis elle se lève, marche fièrement sur le comptoir et se couche sous leur nez en leur tournant le dos.

Les filles éclatent de rire.

— Je crois que Marmelade aussi a un message à vous transmettre! dit Thomas, avec un sourire en coin.

— On a compris, Marmelade, dit doucement Maya. Tu veux qu'on s'occupe de toi, n'est-ce pas?

Elle flatte la vieille chatte qui se met aussitôt à ronronner.

— C'est à propos du nom du chiot, Houdini, dit Thomas. Alors voilà : M. Ho, son maître, lui a donné ce nom parce que c'est un champion de l'évasion, comme le célèbre magicien. La patronne vous demande donc de faire très attention quand vous êtes avec lui.

Les filles se regardent d'un air entendu. Elles l'avaient déjà un peu deviné!

— Elle vous demande de jouer dans la cour aujourd'hui, ajoute-t-il. Pour le parc, ce serait préférable d'attendre demain.

— Bonne idée! dit Catou.

La cour du P'tit bonheur canin est parfaite pour jouer avec les chiots. Elle est entourée d'une clôture grillagée et il y a de la pelouse et des plates-bandes. D'un côté, elle est bordée d'arbres et d'arbustes. De l'autre côté, il y a un petit enclos. Au bout de la cour, une porte dans la clôture permet d'accéder à une allée qui conduit à une petite rue. C'est un bon raccourci pour se rendre au parc municipal.

Les filles se dirigent vers la garderie. Mais avant d'entrer, Catou retient les deux autres.

— Attendez! dit-elle en posant l'index sur ses lèvres. On va entrer sur la pointe des pieds pour ne pas réveiller Houdini. On pourra peut-être l'entendre ronfler comme hier.

Béatrice pouffe de rire.

— Avant hier, j'ignorais que les chiens pouvaient ronfler, dit-elle.

— En fait, la plupart des chiens ne ronflent pas, affirme Catou. C'est plutôt caractéristique de ceux qui sont brachycéphales.

— Bracky… quoi? demande Béatrice.

— Brachycéphale, répète Catou, à voix basse. Certaines races ont la face plate et le nez court, comme les carlins et les bouledogues. Souvent la partie supérieure de leurs voies respiratoires est obstruée soit parce que leurs narines sont trop étroites, soit à cause de la membrane qui prolonge leur palais à l'arrière de la bouche.

— La membrane? interroge Béatrice.

— Oui, dit Catou. Chez les chiens, cette membrane est très utile quand ils mangent ou boivent. Elle ferme l'entrée des voies respiratoires et empêche l'eau ou la nourriture d'entrer par erreur dans leurs poumons.

Maya et Béatrice lui sourient sans rien dire.

— Chez les chiens brachycéphales, cette membrane est particulièrement longue, poursuit Catou. Elle descend donc plus loin dans la gorge, ce qui obstrue partiellement les voies respiratoires et rend la respiration difficile. Et quand ils dorment, ils ronflent. Il leur arrive  même de ronfler alors qu'ils sont bien réveillés!

Maya et Béatrice sourient toujours.

— Ben, quoi? dit Catou.

— Oh rien, madame

Einstein du monde des chiens! dit Maya en faisant les gros yeux à Catou. On se disait tout simplement que personne au monde n'en sait plus que toi sur les chiens. N'est-ce pas Béatrice?

— Exact, approuve Béatrice.

Catou rit de bon cœur. Ses amies savent que son livre préféré s'intitule *Les races de chiens dans le monde.* Elle l'a lu plus de cent fois. Elle passe aussi des heures à naviguer sur Internet pour en apprendre toujours plus au sujet des chiens. Elle est passionnée par les chiens.

Maintenant, Béatrice semble perplexe.

— Mais Catou! dit-elle. Houdini n'a pas la face aplatie. Ce n'est ni un carlin ni un bouledogue, mais un beagle! Alors pourquoi, ronfle-t-il, *lui?*

— Parce que chez les beagles, cette membrane est souvent très longue, explique Catou, le sourire aux lèvres. En fait, selon…

— *Les races de chiens dans le monde,* disent les trois filles à l'unisson.

Incapables de se retenir, elles éclatent de rire.

— Cette fois, je crois qu'Houdini nous a entendues, dit Maya.

Effectivement, quand elles ouvrent la porte, le chiot est debout dans sa cage et écoute de toutes ses oreilles. Il remue la queue, tout excité.

— Bonjour mon petit Houdini! lui dit Catou affectueusement. Comment vas-tu?

Les filles se débarrassent de leurs sacs à dos et de leurs manteaux et courent le rejoindre.

— Tu n'as pas réussi à t'évader de ta cage aujourd'hui? dit Maya. Bon chien!

Houdini remue la queue encore plus fort et pousse sur la cage avec son museau.

— Oh, tu essaies encore de l'ouvrir tout seul! glousse Béatrice. Le loquet est probablement moins serré aujourd'hui, mais je vais le faire pour toi!

Béatrice a raison. Le loquet s'ouvre sans difficulté.

Le petit beagle déboule aussitôt de sa cage et atterrit contre les jambes de Béatrice. Fou de joie, il saute sur elle en agitant la queue. Mais quand elle se penche pour le prendre, il court vers Catou.

Il se glisse entre ses jambes. Mais quand elle se penche pour l'embrasser sur la tête, il part au galop pour aller saluer Maya.

Maya a à peine le temps de le caresser qu'il prend encore la fuite. Il se rend jusqu'au journal, s'accroupit et fait pipi.

— Bon chien! disent les filles, à l'unisson.

Il repart vers le panier à jouets. Il saisit dans sa gueule l'os en plastique qui est sur le dessus de la pile et le secoue en grognant. Puis il le laisse tomber et poursuit ses explorations.

Il renifle les étagères et le grand sac de croquettes pour chiens. Il sent les sacs à dos et les manteaux des filles. Il bondit sur celui de Maya et le traîne sur le plancher.

— Eh toi! dit Maya en récupérant son manteau. Houdini déborde d'énergie. On devrait l'emmener jouer tout de suite dehors.

— Bonne idée, dit Catou. Allons-y!

Les filles mettent leurs manteaux. Catou prend la laisse qui est suspendue à un crochet près du panier à jouets. Béatrice prend quelques jouets et Maya fait provision de biscuits pour chiens.

— OK, Houdini! dit Catou en ouvrant la porte de sortie. On va jouer dehors!

Houdini dresse les oreilles. Il lève sa petite truffe noire et hume l'air. Puis il traverse la salle en courant et sort dehors.

— Regardez-le courir! dit Maya.

Elle sourit tout en le poursuivant avec Béatrice et Catou.

— Oh non! crie soudain Béatrice.

Catou rest figée. Houdini est rendu au milieu de la cour et la porte qui donne sur la ruelle est grande ouverte.

Il court tout droit vers la sortie!

CHAPITRE CINQ

— Houdini! appelle Catou. Houdini, reviens ici! Allez, viens!

Le chiot n'obéit pas. Il ne tourne pas la tête vers elle, il ne ralentit même pas.

Catou part à sa poursuite.

— Houdini, viens! crie-t-elle.

— Houdini! l'appellent Maya et Béatrice. Houdini, reviens!

Le chiot continue de courir. Il passe la porte et… *pouf!* Il disparaît.

Catou sent son cœur se serrer. Elle se force quand même à courir encore plus vite. Elle doit absolument le rattraper! S'il descend la ruelle jusqu'à la rue principale…

N'y pense pas et contente-toi de courir! se dit-elle. Elle passe la porte, puis court dans la ruelle. Elle regarde à droite. De ce côté, la ruelle longe d'autres cours et se termine en cul-de-sac. Pas d'Houdini en vue!

Elle regarde à gauche et aperçoit le chiot qui court à grands bonds vers la rue, les oreilles flottant au vent.

— Houdini! dit-elle d'une voix invitante. Regarde ce que j'ai pour toi! Un bon biscuit! Viens, mon chien.

Le chiot ne ralentit toujours pas.

Catou court de toutes ses forces. *Je n'arriverai jamais à le rattraper avant qu'il arrive dans la rue,* se dit-elle. *Et s'il se rend jusqu'à la rue principale? Et si une voiture arrive?*

— Houdini, reviens! crie-t-elle désespérément. Viens, mon chien!

Soudain, une petite fille qui passait par là apparaît au bout de la ruelle. *Elle doit avoir autour de sept ans, se dit Catou.* Elle est seule.

— Attrape le chiot! crie Catou. S'il te plaît, attrape-le!

La fillette, qui a vite compris la situation, s'avance dans la ruelle et s'approche du chiot en lui tendant la main et en l'appelant gentiment.

Puis elle se penche et lui sourit. Le petit beagle court la rejoindre. Il sent sa main et se tortille de bonheur. Il remue la queue frénétiquement.

Catou entend la fillette qui dit :

— Bonjour, petit chien. Où t'en vas-tu comme ça?

Catou voit la fillette saisir le collier d'Houdini.

Elle la rejoint, hors d'haleine, suivie de Maya et de Béatrice.

— Merci! dit Catou. Un gros merci.

— Est-ce que je peux le prendre? demande la fillette. Il a l'air si gentil!

— Clara! appelle une dame qui vient d'arriver au bout de la ruelle en courant. Clara! Tu as encore disparu! Je croyais t'avoir perdue!

Elle court rejoindre les filles.

— Que se passe-t-il? demande-t-elle. Tout va bien?

— Oh oui! dit Catou. Votre fille, Clara, nous a rendu un fier service.

— On garde ce chiot, explique Maya. Il s'est sauvé de la cour et Clara l'a attrapé pour nous au bout de la ruelle.

La dame hoche la tête en souriant.

— Clara adore les chiots, dit-elle.

Elle sourit à sa fille.

— Je m'appelle Jeanne, je suis sa mère, poursuit-elle. Nous nous rendions au parc. Je me suis arrêtée pour prendre quelque chose dans mon sac et Clara a disparu! Elle a la mauvaise habitude de partir de son côté.

Elle regarde sa fille qui cajole Houdini dans ses bras.

— Je dois toujours faire attention de ne pas te perdre, n'est-ce pas Clara? ajoute-t-elle.

La fillette lève la tête et lui sourit.

— C'est vrai, avoue-t-elle.

Puis elle se tourne vers Catou.

— Comment s'appelle ton chien? Il est si mignon!

Catou lui explique qu'Houdini est en pension au P'tit bonheur canin et que Maya, Béatrice et elle-même s'en occupent jusqu'à dimanche.

— Merci encore d'avoir rattrapé notre champion de l'évasion, dit Béatrice.

— Oui, dit Catou. Comment pourrions-nous te remercier?

— J'ai une idée! dit Clara. Mon cousin Charles a organisé une fête pour l'anniversaire de son chien. Je suis invitée, mais je n'ai pas de chien à amener. Est-ce que je pourrais prendre Houdini? S'il vous plaît? Ce serait si amusant!

— La fête a lieu demain après-midi dans une salle de jeu pour les chiens, explique la mère de Clara. Je suis certaine que ma sœur Brenda serait très contente si vous veniez toutes les trois avec Houdini.

Puis elle leur donne toutes les indications nécessaires.

— Maman ne peut pas venir avec moi demain, explique Clara. Elle doit travailler. Mais ma gardienne va m'emmener. Elle est très gentille et elle adore les chiens.

Elle flatte le petit beagle.

— Je suis sûre qu'elle sera contente de rencontrer Houdini, ajoute-t-elle.

— On doit d'abord demander la permission à tante Janine et à nos parents, dit Catou. Si on peut, je te promets qu'on va l'amener. Et merci encore d'avoir rattrapé ce petit fripon!

— De rien, dit Clara en embrassant le chiot sur la tête. Au revoir, petit chien! À demain j'espère!

CHAPITRE SIX

— Tu ne t'enfuiras plus, petit chenapan d'Houdini, déclare Catou. Cette fois-ci, je vais m'assurer que la porte est bien fermée!

Houdini ne semble pas s'en faire. Quand Catou le pose par terre dans la cour du P'tit bonheur canin, il se met à bondir de tous les côtés, les oreilles battant au vent.

— On dirait qu'il va s'envoler, dit Béatrice en riant.

Maya court chercher son appareil photo à l'intérieur, puis elle prend des clichés du chiot.

Houdini bondit sur une branche cassée, la prend dans sa gueule et la traîne sur la pelouse. Puis il renifle un tas de feuilles mortes, se met à fouiller dedans avec son museau et disparaît. Les filles ne voient plus que le petit bout blanc de sa queue qui dépasse et qui remue.

— Il est si mignon! s'exclame Catou.

Béatrice prend un bâton.

— Viens Houdini! lance-t-elle. On va jouer à qui tire le plus fort!

Elle agite le bâton. Houdini accourt et saisit l'autre bout dans sa gueule. Ils tirent chacun de leur côté.

Quand Houdini s'arrête pour se reposer, les filles décident de passer à la séance d'obéissance. Catou fixe la laisse au collier du chiot. Maya sort les biscuits et commence la leçon. En utilisant les gestes et la voix, elle lui demande de s'asseoir, puis de se coucher. Quand il obéit, elle le récompense avec un biscuit. Puis c'est au tour de Béatrice.

— Bon chien! dit-elle quand il lui obéit.

— Maintenant, on va pratiquer « Viens », dit Catou.

Tu as besoin de beaucoup t'exercer pour apprendre celui-là, petit coquin!

Elle tient la laisse et s'éloigne de quelques pas.

Maya s'accroupit et maintient Houdini en place.

Catou fait des bruits pour le distraire, puis elle lui montre un biscuit. Elle se déplace devant lui afin de s'assurer qu'elle a toute son attention. C'est un point très important.

— Viens, Houdini! dit-elle finalement.

Maya le lâche et il s'élance vers Catou.

— Bon chien! dit Catou. Excellent!

Elle le flatte et le récompense avec un biscuit.

Elles répètent la leçon trois fois et Houdini revient toujours vers Catou quand elle le lui demande.

— OK, dit-elle. Retour aux jeux!

Les trois fillettes passent le reste de l'après-midi à jouer avec le chiot. Finalement, Béatrice regarde sa montre.

— On doit y aller, dit-elle. Je suis si contente que vous veniez souper à la maison.

— Nous aussi! dit Maya.

Elles font rentrer Houdini et chacune lui fait un petit bisou sur la tête avant qu'il retourne dans sa cage. Puis elles ramassent leurs sacs à dos.

— À demain Houdini! lui dit Catou.

Thomas et Marmelade sont encore à la réception, mais il ne reste plus qu'un seul client.

— Thomas, je voudrais parler à tante Janine une toute petite minute, dit Catou. Est-ce que je peux?

— Bien sûr, répond Thomas. Elle a presque terminé son dernier toilettage de la journée. Tu n'as qu'à passer la tête par la porte.

Catou revient quelques minutes plus tard.

— Tante Janine va appeler M. Ho, annonce-t-elle à Maya et Béatrice. Elle va lui demander s'il est d'accord qu'on emmène son chiot à la fête. Je lui ai dit que je soupais chez toi, Béatrice, et je lui ai donné ton numéro de téléphone. Elle dit qu'elle va nous appeler bientôt.

— Super! dit Maya.

Elles saluent Thomas, se précipitent dehors et marchent d'un bon pas pour se rendre chez Béatrice.

— Catou-Minou, as-tu pensé à apporter l'album des chiots? demande Maya.

— Je l'ai mis dans mon sac à dos! dit Catou.

— Parfait! dit Béatrice. On devrait y travailler après le souper. On pourrait ajouter Houdini à notre collection.

Juste avant le début de l'année scolaire, Catou et Maya ont eu l'idée de confectionner cet album. Comme elles ne peuvent pas avoir un chien chez elles, elles adorent collectionner des photos de chiots et en dessiner. Alors elles ont décidé de les rassembler dans un album. Elles donnent un nom à chaque chiot et écrivent une note à son sujet. Quand elles ont commencé à donner un coup de main au P'tit bonheur canin, elles ont ajouté à leur album les chiots qu'elles y rencontraient. Et quand Béatrice est devenue leur amie, elles l'ont invitée à se joindre à elles.

Quand les trois filles arrivent chez Béatrice, le souper est prêt. Elles retirent leurs manteaux et vont se laver les mains.

— Mettez-vous à table toutes les trois, dit le père de Béatrice.

Il a une cuillère de bois à la main et porte un tablier blanc maculé de sauce tomate.

— J'arrive tout de suite, ajoute-t-il.

— Papa prépare toujours le souper du vendredi soir, explique Béatrice, le sourire aux lèvres. Et chaque fois, il nous annonce qu'il a préparé une de ses spécialités.

— Mais on pense qu'il ne *sait* cuisiner qu'une seule spécialité, chuchote Mme Falardeau en faisant un clin d'œil aux deux invitées.

— Et au menu, ce soir, ma spécialité : les spaghettis aux boulettes de viande avec une salade César! annonce M. Falardeau.

Il apporte un gros saladier plein à ras bord et un grand plat de pâtes nappées de sauce sur un plateau. Il a aussi un pain frais coincé sous le bras.

— Miam! s'exclame Béatrice. Quelle surprise!

Chacun se sert des spaghettis, puis Mme Falardeau fait un tour de table pour leur offrir du parmesan râpé. Béatrice touille la salade avec entrain. Maya montre sa technique pour enrouler les spaghettis sur sa fourchette. Catou fait la chasse aux boulettes dans son assiette.

Après ce délicieux repas, les filles aident à desservir la table. Puis elles montent dans la chambre de Béatrice.

En entrant, Catou reste bouche bée. Les murs sont couverts d'affiches et de photos de chiens, et l'étagère est remplie de chiots en peluche et de livres sur les chiens.

— C'est comme dans ma chambre! s'exclame Catou.

— Et comme dans la mienne aussi, ajoute Maya.

Béatrice sourit et dit :

— C'est probablement parce que nous sommes toutes les trois…

— Folles des chiots! crient-elles à l'unisson.

Catou sort l'album des chiots de son sac à dos. Béatrice apporte des crayons-feutres de couleur, des stylos, des crayons de couleur, du ruban adhésif et des feuilles de papier.

— Maya, que dirais-tu d'écrire une description d'Houdini avec moi? demande Béatrice. Et toi, Catou, tu pourrais faire son portrait.

— Je vais essayer, dit Catou.

Elle ne se trouve pas très bonne en dessin, mais elle adore faire des portraits de chiots.

Elle dessine le petit beagle en train de courir, avec ses longues oreilles qui flottent au vent. Elle colorie son corps en blanc, noir et roux. Elle lui ajoute des étincelles dans les yeux. Puis elle fait deux dessins de lui : un quand il se faufile hors de sa cage et un autre quand il est en train de s'enfuir de la cour. La légende de ces deux derniers dessins est *POUF!*

— OK, annonce Maya. On a terminé et c'est un

chef-d'œuvre, comme d'habitude.

Béatrice sourit, puis elle lit à voix haute :

— *Houdini est un chiot beagle. Il a trois mois. Il aime qu'on lui lance des balles et des bâtons. Il obéit quand on lui demande de s'asseoir ou de se coucher. Mais c'est un petit coquin, un champion de l'évasion, comme le vrai magicien Houdini!*

— Je suis d'accord, dit Catou avec un grand sourire. Un vrai chef-d'œuvre!

— Catherine! les interrompt Mme Falardeau. Ta tante veut te parler au téléphone.

— Je ne pourrai pas aller à la fête, demain, rappelle Béatrice à ses amies. Je passe l'après-midi chez ma grand-mère. Mais j'espère que M. Ho laissera Houdini y aller. Ce serait si amusant!

Béatrice indique à Catou le téléphone qui se trouve au bout du couloir. À leur retour dans la chambre, les trois filles sourient largement.

M. Ho a accepté qu'elles emmènent Houdini à la fête canine du lendemain!!!

CHAPITRE SEPT

— Je reviendrai te chercher dans deux heures, quand la fête sera terminée, dit la mère de Catou. Au revoir Catherine! Au revoir Maya! Prenez bien soin d'Houdini.

Elle les salue de la main et redémarre.

C'est samedi après-midi. Catou et Maya sont devant la porte d'entrée du Palais des chiens. Catou tient Houdini dans ses bras et Maya porte le cadeau d'anniversaire pour le chien de Charles, un jouet provenant du P'tit bonheur canin offert par tante Janine.

— Une fête d'anniversaire pour un chien au Palais des chiens! s'exclame Catou en riant.

Elle embrasse Houdini sur la tête et le chiot se tortille de plaisir.

— Je ne suis jamais entrée au Palais des chiens, dit Maya. Heureusement que j'ai mis ma robe de princesse!

Elle porte un diadème, une robe à froufrous et à paillettes et des souliers vernis. Elle virevolte, les bras tendus, une baguette magique à la main.

Catou éclate de rire. *On ne s'ennuie jamais avec Maya,* se dit-elle. Son amie a le don d'ajouter du piquant à toutes les situations et d'en faire des moments inoubliables.

— Dommage que Béatrice ne soit pas là, dit Catou.

— On va prendre des tonnes de photos pour lui montrer, dit Maya. On pourra aussi en ajouter à l'album des chiots.

Catou dépose Houdini par terre. Il se dirige aussitôt vers la porte en remuant la queue.

— On dirait qu'il a compris où ça se passe, dit Maya. Allons-y!

Elles entrent dans l'immeuble et Clara court à leur rencontre.

— Hourra! s'exclame la fillette. Vous êtes venues!

Elle s'accroupit à côté du petit beagle.

— Bonjour Houdini! dit-elle. Merci! Merci d'être venu pour m'accompagner à la fête!

Puis Clara présente sa gardienne à ses amies. Celle-ci est en train de discuter avec des enfants qui tiennent chacun un chien en laisse.

— Je vous présente Sarah, dit Clara à Catou et Maya. Et voici mon cousin Charles.

— Bonjour, dit-il en leur souriant. Merci d'être venues à l'anniversaire de mon chien.

Un gros saint-bernard est assis à côté de lui. Il a de magnifiques yeux bruns cerclés de noir et son poil est gris au-dessus des yeux et des oreilles.

— Je vous présente Gustave, dit Charles en posant

la main sur l'énorme tête de son chien. Et son surnom est Gugu.

En entendant son nom, le chien se met à remuer lentement la queue.

— Gugu est un vieux chien, ajoute Charles. Il est même plus vieux que moi. J'ai sept ans et il en a dix aujourd'hui.

— Bon anniversaire Gugu! s'exclame Catou.

Elle donne le cadeau d'anniversaire à Charles, puis flatte la tête du grand chien.

— Et je te présente Houdini, dit fièrement Clara.

Le petit beagle, assis tout tranquille, semble minuscule à côté de l'énorme saint-bernard.

— Gugu, dis bonjour à Houdini, ordonne Charles.

Gugu baisse la tête et donne un petit coup de museau au chiot. Houdini remue la queue et donne un petit coup de museau sur la truffe du grand chien.

Les yeux de Gugu se mettent à briller. Il sort la langue et fait un gros bisou baveux à Houdini qui en perd l'équilibre. Il se remet d'aplomb et,

rapide comme l'éclair, il fait
la même chose à Gugu.

— Un beau gros bec
d'anniversaire! s'exclame
Clara, toute contente.

Un jeune homme
portant l'uniforme du
Palais des chiens s'adresse alors à leur groupe.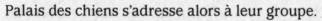

— Je souhaite la bienvenue à tous les invités
de Charles et Gugu, dit-il. Voici le programme de
l'après-midi. Nous ferons deux jeux avec les chiens,
puis il y aura le gâteau d'anniversaire. Pour finir,
nous irons dehors et explorerons notre fameux
labyrinthe pour chiens. Maintenant, si vous voulez
bien me suivre dans la salle qui vous est réservée.

Catou et Maya échangent un regard. Elles pouffent
de rire. Des jeux, un gâteau et un labyrinthe pour
chiens?

Catou tend la laisse à Clara.

— Tu veux bien conduire Houdini jusque dans la
salle? lui demande-t-elle.

— D'accord, dit Clara, ravie.

Sarah pose sa main sur l'épaule de la fillette.

— Tu respecteras bien les règles, n'est-ce pas Clara? dit-elle. Ne jamais sortir de la salle toute seule et bien t'occuper d'Houdini.

Clara hoche la tête, l'air très sérieux.

Catou et Maya entrent dans la salle à la suite de Clara. Le papier peint sur les murs représente des empreintes de chiens aux couleurs vives. Des serpentins et des ballons pendent du plafond. Des tables à pique-nique sont poussées contre les murs. Des bols d'eau pour les chiens qui auraient soif sont posés par terre sur une grande toile de plastique. Il y a plusieurs bacs, certains remplis de gâteries pour chiens et d'autres de jouets. On entend une musique entraînante. Sur le mur, au fond de la salle, il y a une porte fermée, flanquée d'un écriteau sur lequel on peut lire : LE LABYRINTHE DES CHIENS.

— Mais commençons par souhaiter un bon anniversaire à Gugu, dit l'animateur.

Les enfants chantent et Gugu les écoute sans

bouger, contrairement à Houdini qui est aux aguets et tourne la tête de tous les côtés. Catou passe en revue les autres chiens invités à la fête. Il y a les deux labradors, Polly et Noiraud, Boris le terrier irlandais, Lincoln le boxer, Max le berger allemand et Tornade le cockapoo, qui est un croisement entre un cocker et un caniche. Autrement dit, huit chiens en tout.

— Pour commencer, on va jouer à « Suivez mes ordres », dit l'animateur. Voici comment ça fonctionne. Quand je donne un ordre, vous demandez à votre chien de le suivre. Les deux derniers qui obéissent sont éliminés de la partie. Et on continue de cette façon jusqu'à ce qu'il ne reste plus que deux chiens. Ce seront nos gagnants!

— Je vais prendre des photos de toi avec Houdini pendant la partie, dit Maya à Clara en lui montrant son appareil photo.

— Tu comprends les règles du jeu? demande Catou à Clara.

— Oui, je crois, dit-elle. Mais peux-tu m'aider?

— Bien sûr, répond Catou. Mais rien ne sert d'espérer qu'Houdini remporte la partie, tu sais. C'est juste un chiot et il ne connaît que deux ordres de base.

— Ce n'est pas grave, dit Clara. On le fait juste pour s'amuser.

— Je vais vous distribuer des biscuits à donner à vos chiens, dit l'animateur. Vous leur en offrirez pour les encourager à obéir.

Il distribue les biscuits, puis demande aux participants de se placer en ligne avec leurs chiens. Boris, le terrier irlandais, est tout excité. Lincoln, le boxer, saute sans arrêt sur son maître. Houdini remue la queue et tourne la tête de tous les côtés en regardant les autres chiens.

— Prêts? demande l'animateur. D'accord. Alors le premier ordre est « Assis ».

Catou montre à Clara comment capter l'attention d'Houdini. Puis elle lui explique qu'il faut prendre un biscuit dans une main et soulever l'autre lentement, paume vers le bas.

— Assis, Houdini! ordonne Clara.

Le petit beagle hésite pendant quelques secondes, puis s'assoit.

— Bon chien! dit Clara en lui donnant le biscuit.

Boris, le terrier irlandais, veut jouer avec Tornade et Noiraud et refuse d'obéir à son maître. Polly, l'autre labrador, se couche au lieu de s'asseoir. Boris et Polly sont donc *éliminés*.

— Le prochain ordre est « Couché », dit ensuite l'animateur.

Catou montre à Clara le geste à faire pour «Couché», c'est-à-dire baisser la main avec la paume vers le bas. Elle lui donne une gâterie à tenir dans l'autre main.

— Couché! ordonne Clara en faisant le signe de la main.

Le petit beagle hésite pendant quelques secondes, puis se couche.

— Bon chien Houdini! s'exclame Clara.

Elle lui donne un biscuit, puis le flatte.

Maya agite sa baguette magique à l'intention de

Catou et félicite Houdini en pouce en l'air.

Noiraud, le second labrador et Tornade, le cockapoo, sont éliminés.

Le troisième ordre est « Roule ».

— Désolée! dit Catou à Clara. Houdini ne connaît pas encore cet ordre.

— Pas grave! dit Clara en haussant les épaules.

Elle s'accroupit à côté d'Houdini et le cajole tandis que les autres chiens se roulent sur le dos, puis donnent la patte.

Gugu et Lincoln, le boxer, sont les gagnants.

— Bravo Gugu, notre vedette du jour, et bravo Lincoln! crie Catou. Félicitations aussi à Houdini qui s'est très bien débrouillé pour son âge!

CHAPITRE HUIT

— Et maintenant, la chaise musicale, annonce l'animateur.

— Des chiens qui jouent à la chaise musicale? dit Maya en se tournant vers Catou. Ça risque d'être drôle!

L'animateur dispose sept chaises en cercle

— On met de la musique et vous marchez autour des chaises avec vos chiens, explique-t-il. Quand la musique s'arrête, vous devez vous asseoir sur une chaise et votre chien doit s'asseoir gentiment devant vous. L'équipe chien et invité qui n'a pas pu s'asseoir est éliminée. Et ainsi de suite jusqu'à ce qu'il ne reste plus qu'une seule équipe.

Catou soulève Houdini et lui fait un câlin.

— Je te confie Clara, chuchote-t-elle à son oreille.

Le petit beagle l'embrasse sur le nez.

— Je sais jouer à la chaise musicale! dit Clara avec enthousiasme. Est-ce que je peux le faire avec Houdini?

— Bien sûr, dit Catou. Mais n'oublie pas : avant de lui demander de s'asseoir, tu dois capter son attention. Ensuite, il faut lui parler calmement. Et dans tous les cas, ne lâche jamais sa laisse. Il ne faudrait surtout pas qu'il réussisse à s'évader!

Clara court rejoindre les autres participants en tenant fermement la laisse d'Houdini.

La musique démarre et les huit équipes font le tour des chaises.

— Catou! Maya! appelle Sarah en faisant de grands gestes.

Elle est avec un employé du Palais des chiens. Les filles vont la retrouver.

— Je vous présente Paul, dit-elle. Quand le jeu sera terminé, il doit servir le gâteau d'anniversaire et j'ai dit que nous allions l'aider à mettre les tables en place.

Catou et Maya sont heureuses de pouvoir donner un coup de main. Elles aident Paul à déplacer quelques tables. Puis elles l'aident à placer les napperons, les gobelets, les assiettes, les fourchettes, les serviettes et les chapeaux de fête, le tout à motifs canins comme des os de couleurs vives et des chiens de différentes races.

Dix minutes plus tard, elles ont terminé. Maya tient d'une main sa baguette magique et de l'autre, son appareil photo.

— Dépêchez-vous! dit-elle. Je veux prendre des photos d'Houdini en train de jouer à la chaise musicale.

Le jeu est presque fini. On entend encore la musique, mais il ne reste que deux équipes, Tornade et Polly accompagnés de leurs maîtres, et une seule chaise.

— Trop tard! dit Maya. Apparemment, Houdini et Clara ont été éliminés.

Catou les cherche parmi le groupe d'enfants et de chiens déjà éliminés du jeu. Elle ne les trouve pas!

Elle est inquiète.

Elle parcourt des yeux le groupe des autres invités. Houdini et Clara ne sont pas là non plus.

Maintenant, elle est très inquiète. Elle serre le bras de Maya.

— Maya, dit-elle. Je ne les vois nulle part. Houdini et Clara sont introuvables!

Maya les cherche des yeux de tous les côtés, frénétiquement.

— Je ne les vois pas, moi non plus, dit-elle d'une voix chevrotante. Où sont-ils passés? Où Clara a-t-elle pu emmener Houdini?

— Je ne sais pas! dit Catou, découragée.

— Peut-être que… dit Maya. Oh non! Et si Houdini

nous avait encore fait le coup de l'évasion et qu'il avait entraîné Clara avec lui?

Les filles se regardent un instant.

— Écoute, Maya! dit Catou. Je ne sais pas ce qui a pu arriver, mais il n'y a pas une minute à perdre. Commençons par avertir Sarah.

— Regarde! dit Maya. Sarah est là-bas, à l'autre bout de la salle.

Les filles se dirigent de ce côté. Soudain, elles voient Sarah qui se lève sur la pointe des pieds et inspecte la salle.

— Je crois qu'elle vient de s'apercevoir que Clara et Houdini ont disparu, dit Maya.

Sarah se rend compte que les filles cherchent aussi Clara. Elle leur adresse un signe de la main et ses lèvres bougent. Les filles comprennent qu'elle leur demande où est Clara.

Elles secouent la tête pour lui signifier qu'elles l'ignorent. Sarah se précipite vers la porte d'entrée de la salle et, visiblement inquiète, demande à la surveillante si elle a vu Clara. Celle-ci secoue la tête.

Maya saisit le bras de Catou.

—Regarde Catou! crie-t-elle en indiquant le mur au fond de la salle. La porte! Je viens juste de la remarquer. Elle était fermée et maintenant elle est grande ouverte!

— Oh non! s'exclame Catou. Clara et Houdini sont peut-être sortis par là!

CHAPITRE NEUF

— Vite! Allons voir! crie Catou.

Elles se précipitent à l'extérieur et cherchent frénétiquement Clara. Elles sont sur une grande aire pavée, entourée d'une haute clôture grillagée. Dans cet enclos, il y a une énorme structure gonflable, bleue, rouge, jaune et verte.

— Le labyrinthe! s'exclame Maya, impressionnée.

— Oui, dit Catou. Ce doit être le labyrinthe des chiens. Heureusement qu'il y a la clôture! Clara et Houdini sont sûrement ici. Dans le labyrinthe, je parie!

— À ton avis, est-ce que Clara y a emmené Houdini? demande Maya. Mais pourquoi aurait-elle fait cela?

— Je ne sais pas, dit Catou en secouant la tête. Je ne vois pas pourquoi elle n'aurait pas attendu qu'on ait mangé le gâteau d'anniversaire avant d'y aller.

Sarah les rejoint.

— J'ai averti les employés de la disparition de Clara, dit-elle essoufflée. Ils ont fermé à clé la porte d'entrée de l'immeuble et celle de notre salle aussi. Mais ils sont convaincus que Clara et Houdini ne sont pas sortis par là, car les deux portes sont constamment surveillées au cas où un des enfants déciderait de partir seul. Et si l'un d'eux a besoin d'aller aux toilettes, il faut qu'un parent ou une gardienne l'accompagne.

— OK, dit Maya. Donc c'est plutôt une bonne nouvelle, non?

— Oui, dit Sarah, toujours un peu essoufflée.

— Il reste donc une seule possibilité, dit Catou. La porte du fond. Alors ils sont *forcément* dans le labyrinthe!

— Je crois que tu as raison, acquiesce Sarah.

Elle secoue la tête.

— Mais Clara était si heureuse de venir à la fête avec Houdini! dit-elle. Je ne comprends pas pourquoi elle aurait eu cette idée.

— C'est possible que la laisse lui ait glissé des mains, dit Catou d'une voix tremblante. Houdini s'est peut-être enfui et elle a essayé de l'attraper. On aurait dû mieux surveiller ce coquin. On aurait dû se douter qu'il tenterait de s'évader!

Sarah enlace Catou par les épaules.

— Ne t'inquiète pas! dit-elle. Ils doivent être tous les deux dans le labyrinthe. Un employé va arriver dans une seconde pour nous aider à les retrouver.

— On ne va pas rester ici à attendre! déclare Maya.

D'une main, elle remet son diadème en place et de l'autre, elle agite sa baguette magique.

— Parole de princesse, poursuit-elle. Je vais remuer ciel et terre pour les retrouver!

— Oui, allons-y! dit Catou. Clara doit être inquiète.

Elle est peut-être sortie sans avoir trouvé Houdini. Et elle est toute seule. Et Houdini, de son côté…

Wouf! entendent-elles dans leur dos.

Catou se retourne. *Houdini?*

Non, c'est Lincoln, le boxer, et son maître, un garçon de sept ans.

— Je m'appelle Sam, dit-il. J'ai quelque chose à vous dire.

— Quoi donc? dit Sarah, intriguée.

— C'est ma faute si Clara s'est enfuie, dit-il, l'air penaud.

— Clara s'est enfuie? dit Catou, incrédule.

— Je lui ai dit… commence Sam d'une voix faible. Je lui ai dit qu'elle n'avait pas le droit de participer à la fête parce qu'elle n'avait pas de chien.

— Pas très gentil, dit Maya en fronçant les sourcils.

— Je sais, dit Sam. Mais Clara et Houdini étaient bons à la chaise musicale, et je voulais gagner avec Lincoln. Je suis désolé. Je crois que je lui ai fait de la peine.

Lincoln se remet à aboyer, mais plus fort.

79

— Non, Lincoln! dit Sam.

Mais Lincoln continue d'aboyer, encore et encore en fixant des yeux l'entrée du labyrinthe. Le petit beagle et la petite fille sont là, lui tout content et elle, les joues baignées de larmes!

CHAPITRE DIX

— Clara! s'écrie Sarah.

— Houdini! s'écrient Catou et Maya.

Elles courent toutes rejoindre la fillette et le chiot. Sarah prend Clara dans ses bras et lui fait un gros câlin.

— Tu n'as rien, heureusement! lui dit-elle.

Catou soulève Houdini. Elle est contente de le serrer contre son cœur et de sentir son doux parfum de chiot. Elle est soulagée de voir qu'il va bien. Elle le cajole, et Maya aussi.

— Houdini! dit Catou. On a eu si peur!

— Pourquoi t'es-tu évadé? le gronde Maya. Petit chenapan!

— Non, non! proteste Clara. Houdini n'est pas un voyou. Il n'a rien fait de mal! Il ne s'est pas enfui.

Elle s'arrête pour reprendre son souffle.

— C'est moi qui me suis sauvée, reprend-elle. J'ai quitté la fête parce que j'avais de la peine.

— À cause de ce que je t'ai dit, l'interrompt Sam. Je suis désolé, Clara. Ce n'était pas gentil de ma part.

— Non, ce n'était pas gentil, dit Clara.

Elle hausse les épaules.

— Mais ce que j'ai fait n'est pas bien non plus, poursuit-elle. J'ai lâché la laisse, même si je savais qu'il ne fallait pas. Je suis sortie par la porte du fond, même si j'avais promis à Sarah de ne pas quitter la salle toute seule. Je le regrette. Pardon Sarah, Catou et Maya. Et pardon, Houdini! Merci d'être venu me chercher, dit-elle en flattant le chiot.

Houdini remue la queue.

— Je suis entrée dans le labyrinthe, explique Clara. J'ai tourné d'un côté, puis de l'autre, et je me suis perdue. J'étais incapable de trouver la sortie!

— Tu as dû avoir peur, dit Sam gentiment.

— Pas du tout! proteste Clara en croisant les bras. J'étais fâchée. Je savais que c'était idiot de m'être enfuie. Et en plus, j'étais incapable de trouver la sortie et j'allais manquer le gâteau d'anniversaire!

Catou et Maya échangent un sourire.

— Mais finalement, ce n'est pas grave puisque Houdini est venu me chercher, poursuit Clara. Pas vrai, mon p'tit chien?

Houdini approuve en remuant la queue.

— Soudain, il était là, comme par magie! raconte Clara. Et il m'a fait sortir du labyrinthe!

— Houdini, tu es un héros! chuchote Catou à son oreille.

Le chiot remue la queue encore plus.

— On devrait retourner à l'intérieur, dit Sam. Ce doit être l'heure du gâteau. J'ai vérifié avant de sortir : il y en a un pour nous et un autre pour les chiens.

— Je parie que tu veux du gâteau, Houdini! dit Clara.

Le chiot se tortille dans les bras de Catou.

Catou et Maya échangent un regard. Clara s'est mal occupée d'Houdini, mais elle s'est excusée.

— L'évasion n'est pas ton seul tour de magie, n'est-ce pas Houdini? lui chuchote Catou.

Elle le dépose par terre et tend la laisse à Clara.

— Tiens, Clara, dit-elle. Mais n'oublie pas…

— Je sais, l'interrompt Clara. Je vais bien m'en occuper. Et cette fois, je promets de ne jamais lâcher sa laisse.

Ils retournent tous ensemble dans la salle, juste à temps pour chanter *Bonne fête* à Gugu, le chien de Charles. Et Sam ne s'est pas trompé. Il y a un gâteau normal pour eux, avec un glaçage mauve, et un autre pour les chiens, avec un étage au foie et un autre au beurre d'arachides et à la banane. Sur tous les deux on a inscrit : *Bon anniversaire Gugu!*

Tout le monde a une part de gâteau. Les humains vont s'asseoir à une table pour la déguster, et les chiens mangent leur part, par terre dans des assiettes en plastique. Clara prend une petite part pour Houdini et reste avec lui, le tenant bien en laisse, le temps qu'il dévore son gâteau.

Elle réussit même à lui mettre un chapeau de fête sur la tête. Houdini penche la tête de côté et plisse le museau, l'air de ne pas vraiment apprécier.

Soudain Lincoln saisit le chapeau d'Houdini dans sa gueule, le lui arrache et le détruit en le mâchant. Houdini n'a pas l'air trop mécontent!

— Et maintenant, allons dans le labyrinthe! annonce l'animateur. Venez par ici avec vos chiens.

— Tu me promets de ne pas lâcher la laisse

d'Houdini une seule seconde? demande Catou à Clara.

— Promis, juré, craché! répond Clara. Je ne le laisserai pas s'évader et je ne m'enfuirai pas, moi non plus.

Houdini remue la queue.

— Mais c'est injuste pour les autres! dit Maya. Houdini et toi, vous avez déjà visité le labyrinthe!

Clara sourit et Houdini a les yeux qui brillent.

— Pas grave! dit Catou. Vous pouvez y aller!

Clara court rejoindre Sam. Houdini bondit derrière elle, au bout de sa laisse.

CHAPITRE ONZE

— Houdini! dit Béatrice en prenant le chiot dans ses bras. Comment s'est passée la fête?

Ses yeux bruns se mettent à briller; il sort la langue et fait un bisou sur le nez de Béatrice.

Les trois filles sont de retour au P'tit bonheur canin. Elles sont venues dire au revoir à Houdini avant que M. Ho ne vienne le chercher.

— C'était super! dit Maya. Clara et Houdini se sont bien amusés! Mais…

Maya et Catou échangent un regard.

— Aïe! dit Béatrice en regardant le chiot et en faisant de gros yeux. Tu as encore fait des bêtises, petit champion de l'évasion?

— Non, non! proteste Catou. Houdini est un héros! Clara s'est cachée dans le labyrinthe, elle s'est perdue et Houdini l'a aidée à trouver la sortie.

— Bon chien! le félicite Béatrice en le remettant par terre. Maintenant, on va jouer!

Elle lance un jouet. Houdini court le chercher et bondit dessus. Il le secoue dans sa gueule et ses oreilles battent l'air.

— Houdini, tu es mignon à croquer! roucoule Maya.

— J'aimerais passer plus de temps avec lui, dit Catou. Malheureusement, M. Ho revient cet après-midi!

— Mais on a du temps, Catou-Minou! dit Maya en sortant son appareil photo. On a encore toute la matinée pour prendre des photos d'Houdini et les mettre dans l'album des chiots!

L'album des chiots :
une collection de chiots irrésistibles
Découvre-les tous!

ISBN 978-1-4431-2429-4

ISBN 978-1-4431-2430-0

ISBN 978-1-4431-2431-7

ISBN 978-1-4431-3359-3

ISBN 978-1-4431-3361-6

ISBN 978-1-4431-3363-